みけねえちゃんにいうてみな

ともだちのひみつ

村上しいこ・作　くまくら珠美・絵

JN107414

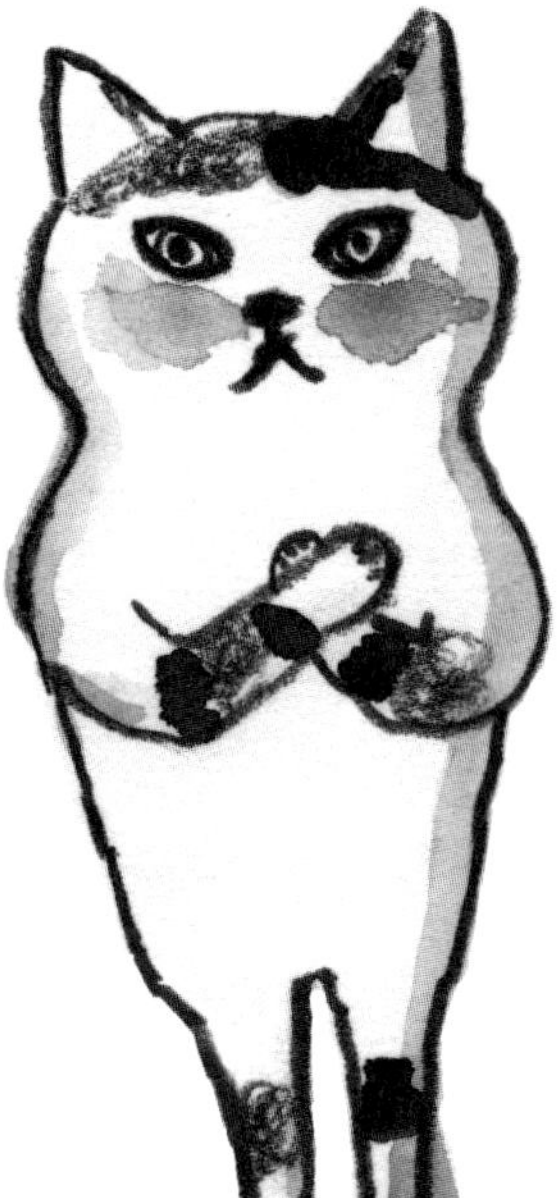

理論社

♪ すき　すき
だいすき〜
あのこが
すき〜なの〜

みけねえちゃんは、
ひとり
ごきげんで、
カラオケの
れんしゅうを
していた。
おかあちゃんと　いつも
いっしょに　みている、
れんあいドラマの　うただ。

とつぜん、だれかの　けはいを　かんじて、
みけねえちゃんは、とびはねた。

「もう、びっくりするやろ。声《こえ》ぐらい　かけてよ。」
いつのまにか、ともくんが、学校《がっこう》から　帰《かえ》ってきていた。
「かけたけど、聞《き》こえてないやろ。

あんなに　大声《おおごえ》で　さけんでたら。」
「さけんでた？　うたを　うたってたんや！
いま、いちばん　お気《き》に入《い》りの　ドラマ。」
「ああ、あの、すきとか　きらいとか　いうてる　やつ。
それより、ときどき、ろじの　あたりを
うろうろしてる、くろい　ねこ。
みけねえちゃんの　ともだちやろ？」
ともくんが、みけねえちゃんに　聞《き》く。
きっと、ナンダロウのことだ。
「まあ、そうやけど、どうしたん？」
まさか、こうつうじこに　あったとか。いやな　よかん。

でも、ともくんの　口《くち》から　とびでた
ことばは、もっと　いがいだった。
「しめいてはいされてたで。
しかも、つかまえたら、百万円《ひゃくまんえん》！」
「百万円《ひゃくまんえん》？」
「でんちゅうとか、スーパーの
まどガラスとか、あちこちに
てはいしょが　はってあった。」
ナンダロウが、なにか
わるいことを　したのかな？
ナンダロウは、たしかに、口《くち》は　わるい。あうと

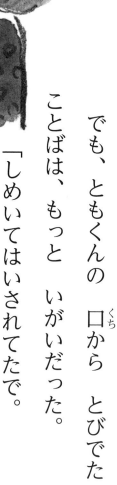

いつも、みけねえちゃんに　いやみを　いってくる。

「おまえ、さいきん、ねこの　においが　しなくなったな。ああ、せんざいが　目《め》に　しみる。」とか、「おまえ、人間《にんげん》の　ぐちばなしを　聞《き》いて、きげん　とって、おいしいもん　もらってるそうやな。」とか。

でも、わるいことを　するとは、思《おも》えない。

「とにかく、その　てはいしょを　見《み》たいから、ともくん、あんないして。」

「わかった。」

とじまりをして、みけねえちゃんは、ともくんと　家《いえ》を出《で》た。

おかあちゃんには、おきてがみを　書《か》いて、テーブルにおいた。

——だいじな　ようじが、できたので、ちょっと出《で》てきます。ばんごはんまでに　帰《かえ》ります。とも・みけ

ともくんが、いったとおりだった。

あちこちの　でんちゅうに、ともくんの　いう、てはいしょが　はってあった。

つかまえたら、百万円《ひゃくまんえん》！

いんさつしてある、ねこの　しゃしんは、カラーで、たしかに　ナンダロウと　よく　にていた。

けど、みけねえちゃんは　首《くび》を　かしげた。
「おかしいなぁ。」
「どうしたん、みけねえちゃん。」
「しゃしんは　そっくりやけど、名前《なまえ》が　ちがう。」
「名前《なまえ》？」
「わたしの
ともだちは、
ナンダロウ。
ここに
かいてあるのは、
グロリアス。」

ねこ さがしています。
なまえ
グロリアス
くろねこ
かぎしっぽみじかめ
あしさきしろい
みつけたひとには
100まんえん さしあげます
000-0000-0000

「……どういうことやろ？」
みけねえちゃんは、じっと、しゃしんを　見《み》た。
ナンダロウに　にているのは　たしかだけど、この
しゃしんのほうが、ちょっと、おしゃれな　気《き》も　した。

ばんごはんを　食《た》べおわると、
ともくんと　みけねえちゃんは、
すすんで　あとかたづけを
てつだった。
「なにを、たくらんでんの？」
すぐ、おかあちゃんに　気《き》づかれた。

かたづけが　おわると、みけねえちゃんたちは、
テーブルに　すわった。

「それで、なに？」

おかあちゃんが、みけねえちゃんを、じっと　見《み》る。

「ねこのことを、知《し》りたくて。しらべてくれへん。」

「はあ？　あんたが　ねこやろ。」

「そうじゃなくて……。」

みけねえちゃんは、うまくは　話《はな》せない。

だって、あのねこが　ナンダロウで、百万円《ひゃくまんえん》とか
きいて、おかあちゃんが、つかまえる　気《き》に　なったら
こまる。するとも、ともくんが　いった。

「グロリアスって　いう　ねこが、
しめいてはいされてるんや。」
「しめいてはい？　ちょっと　まって、
グロリアスなぁ……。」
おかあちゃんは、スマホを　つかって、
けんさくしてくれた。ほそい　ゆびが、ピピッと　とまる。
そして、おかあちゃんの　まゆが、ピクッと　うごいた。
「へえっ、グロリアスって、タレントねこやん。」
「タレント？　ナンダロウが？」
おもわず、みけねえちゃんは　さけんだ。
みけねえちゃんが　ともくんと、スマホの　がめんを

のぞきこむと、グロリアス——いや、ナンダロウ？——の
しゃしんが、たくさん　あがってきた。
「ほら、これ。みけねえちゃんも　知《し》ってるやろ。」
おかあちゃんが、がめんを
タッチすると、
どうがが　はじまった。

おれ、グルメなねこ

バスドライバーのおれ

おれとてふてふ

みけねえちゃんが、いつも　食《た》べてる　おやつのだ。
コマーシャルで　見《み》ていた　このねこが、
ナンダロウだとは、思《おも》ってもみなかった。
いつも、おやつしか　見《み》てなかった。
もちろん、まだ、グロリアスと　ナンダロウが
〝同一《どういつ》にゃん〟だと　きまったわけではないが。
「うおおっ！　ひゃくまんえーん！」
おかあちゃんが、とつじょ　さけんだ。しまった。
おかあちゃんが、見《み》つけてしまった。スマホの
がめんに、はりがみと　おなじものが　あらわれた。
「ちょっと、あんたら。もしかして、このねこ、

知《し》ってるんやろ。」
おかあちゃんは、かんが　いい。
「知《し》らんよ、そんなの。」
みけねえちゃんは、さりげなく
いった　つもり。
でも　ばれていた。

「みけねえちゃん。おかあちゃん、知《し》ってるんやで。」

「な、なにを……。」

「みけねえちゃん、うそつくとき、ペロペロしたを 出《だ》すやろ。つまみぐいしたときも、そう。」

みけねえちゃんと ともくんは、顔《かお》を 見《み》あわせた。

「なあ、どこに いてるの？

つかまえて、百万円《ひゃくまんえん》を 三人《さんにん》で わけよ。」

おかあちゃんが、くらいつく。お金《かね》の まりょくって、すごいな、と、みけねえちゃんは 思《おも》った。

「おかあちゃん、いいかげんに して。」

しかりつけたのは、ともくんだ。

「そのねこ、みけねえちゃんの
ともだちやで。ともだちを　お金《かね》に
かえるなんて、できるわけないやろ。」
おかあちゃんは、
「そうやったんや。それは、ごめんな。」
と、あやまった。
「ともかく、ナンダロウに
あって、たしかめてくる。」
みけねえちゃんは、
いすから　おりた。
「ぼくも　いきたい。」

ともくんが　いう。
「あかんよ、もう　夜《よる》やから。
それに、ねこどうしやないと、わからん　話《はなし》も　ある。」

みけねえちゃんは、夜《よる》のまちを　歩《ある》いた。月《つき》を　見《み》ると、
ともくんが　おかあちゃんを　しかる　顔《かお》を　思《おも》いだした。
ともくんって、やさしいな。
そう　思《おも》うと、足《あし》どりが　かるくなった。
そのとき、ねこの　においがした。
「にゃー――ごぅ」
みけねえちゃんは、小《ちい》さく　よんでみた。がさがさっと

音《おと》がして、ナンダロウが、むくっと　すがたを　あらわした。

「ナンダロウ、だいじょうぶ?」

おもわず、みけねえちゃんが　いう。

「なにが?」

ナンダロウが、とぼけた　声《こえ》で　答《こた》えた。

「てはいしょのこと。っていうか、あの
グロリアスって、ほんまに　ナンダロウなん?」

「さあ、ドウダロウ。」

めずらしく、ナンダロウが　ふざけて、

「にゃにゃにゃにゃ。」

と　わらった。

「てことは、ほんとうみたいやな。」

「まあな。」

ナンダロウは、やっと　みとめた。

「これから　どうするの。

けっこう　やばいのと　ちがう？」

みけねえちゃんは、しんぱいになった。

「どうするって、どうもせんから。おれは、おれ。月《つき》が
きえても、たいようが　もえつきても、おれは　おれ。」

「そうしたら、ずっと、おいかけられるで。」

「おいかけられたら、にげる。」

「つかまることだって……。」

「ない。」

ナンダロウは、だんげんした。

みけねえちゃんは、まだ、気《き》になることが　ある。

「さがしてる　ひとは、ナンダロウのこと、
しんぱいしてるのと　ちがう？　帰《かえ》る　気《き》は、ないの？」
とたんに、
「あるわけ、ないやろ！」
ナンダロウが、なげつけるように　いった。
「タレントねこが、どれだけ　ふじゆうな　せいかつか、
わかるか。」
みけねえちゃんは、
そうぞうする。
みんなに
ちやほやされて……。

ほしい　おもちゃは、　どれだけでも　かってもらえる。
やわらかい　おやつは　たべほうだい。
あたまの　さきから
しっぽの　さきまで、
スペシャルな
マッサージ。
まいにちが、
なんごく
リゾート、
にゃご〜お。

「あほか！」

ナンダロウが、ぴしゃりと　いった。

なにも　いってないのに、顔《かお》に　出《で》てたみたい。

「どれだけ、じゆうが　ないか。」

「じゆう？　のらねこも　たいへんやろ。」

「そうかもしれんけど、いまのほうが、生《い》きる
よろこびが　ある。いま　ここで、こうやって……。」

「おまえと　くだらんことを　しゃべっていられる。
おれは　こういう　じかんを、
だいじにしたいんや。」
「くだらんは　よけいやけど。」
いいながら、
みけねえちゃんの
むねは、ぽっと
あったかくなった。
わたしと
しゃべってることが、
生《い》きる　よろこびなんや。

「タレントねこ、してたときなんか、朝《あさ》から　ばんまで、だれかに　見《み》はられてた。おきたら　けんこうチェック。そのあと、えんぎの　れんしゅう。いわれた　ばしょでねころんだり、ねむくもないのに　あくびしたり、きまった　はやさで　歩《ある》いたり。」

「めんどくさ。」

そうぞうしただけで、〝いや毛《け》〟が　さかだつ。

「それから、さつえい。まわりは、人間《にんげん》ばっかり。おまえみたいな、話《はなし》が　できる　ともだちも　おらん。」

聞《き》いているうちに、ナンダロウが　いうところの、じゆうが　ないと　いう　いみが、わかってきた。

「けど、つかまったら、どうするの？」
「そのときは、そのときや。」
ナンダロウは、また　くらやみに　すがたを　けした。
みけねえちゃんは　帰《かえ》ることにした。
足《あし》は　おもかったけど、心《こころ》は　かるかった。
ナンダロウは　いった。
おまえみたいな、話《はなし》が　できる　ともだち、と。
そう。わたしは　ともだち。
ともだちなら、なんとか　したい。いや、あいてが
ナンダロウだから、なんとか　したいのかも。
ナンダロウの　声《こえ》が、まだ　頭《あたま》の中《なか》で　聞《き》こえていた。

ふたりに　話《はな》すのは、つぎの日《ひ》の　夜《よる》になった。
みけねえちゃんは、ナンダロウの、みの上話《うえばなし》を　した。

すると、ともくんが　いった。

「ナンダロウに、へんそうさせたら　どうやろ。おかあちゃんが　けしょうするみたいに。」

「おかあちゃん、べつに、へんそうしてるわけじゃないけど。」

おかあちゃんが、にらんだ。

「ナンダロウが、そんなこと　させるかな。」

みけねえちゃんは、じしんが　ない。

「けど、なにかせな、あかんやろ。」

「そうやな。よし。一《いち》か八《ばち》か、ナンダロウに聞《き》いてみる。」

みけねえちゃんは、いすから　おりた。

「いまから　行《い》くの？」
おかあちゃんが　聞《き》く。
「うん。はやいほうが　いいやろ。」
「あした、わたし　やすみやから、
ナンダロウが　いいって　いったら、
おかあちゃんが　メイクしてあげる。」
おかあちゃんの　目《め》が、
キラキラ　かがやいていた。

みけねえちゃんが、いつもの　ろじに　むかっていると、
うわさずきの　ねこたちが、話《はな》しこんでいた。

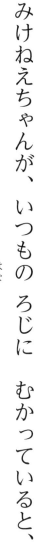

「ナンダロウのこと、聞《き》いたかい？」

「なにを？」

「どうも、すきなこが　できたって。」

「えっ？」

「このまえ、ナンダロウ、バラが　いっぱい
うえてある　家《いえ》の　にわで、ゴロゴロ
あまえて、おやつを　もらってたらしい。」

「ほんまに？」

「ああ。すきなこに、おやつを
プレゼントするためやって、うわさや。」

「うわさを　ひろげてるの、おまえやろ。」

「ほんまやて……。ああ、みけねえちゃん。ちょっと　おもしろい　話《はなし》が、あるんや。」

みけねえちゃんは、ちらっと　見《み》た。

「わたし、いそがしいねん。」

気《き》にはなったけど、うわさ話《ばなし》ほど　バカらしいものはない。

みけねえちゃんが　歩《ある》いていくと、とつぜん、頭《あたま》の上《うえ》から　声《こえ》がした。

「夜《よ》あそびは、きけんやで。にゃにゃにゃにゃ。」

こわれかけた　木《き》の　へいから、ナンダロウが見《み》おろしていた。

「ナンダロウに、そうだんが　あって、きたんや。」

「そうだんって、なんや？」

ひょんと、目《め》のまえに、ナンダロウが　とびおりた。

「ナンダロウを　さがしてる　人《ひと》から、みを　まもる
ために、へんそうしたら　どうやろうって、考《かんが》えたんや。」
「おれが、へんそう？　あほらし。」

「このままでは、いつか、つかまってしまうって。ナンダロウが　いなくなって、かなしむ　ねこのきもちも、考《かんが》えてみてよ。」

「それは……　ありがとう。」

ナンダロウが、じっと、みけねえちゃんの目《め》を　見《み》た。

てれくさくて、みけねえちゃんは、うつむいた。

「じゃあ、やってみよか。」

ナンダロウが　いった。

「ほんまに？」

あっけなくて、
みけねえちゃんは　おどろいた。

「ほんまに、ええの？」

「おれにも、まもらなアカンものが
できたみたいやからな。」

ナンダロウが、めずらしく、にっこり　わらった。

「え……。あ……。」

そんな、はっきり　いわれると……。

どう　こたえて　いいか、わからない。
「それで、おれは、どうしたら　いいのや？」
「おかあちゃんが　さくせんを　たててるみたい。」
あしたの　そうだんをしながら、みけねえちゃんは、うれしくて　まいあがりそうだった。

つぎの日《ひ》の　朝《あさ》、みけねえちゃんは、おかあちゃんのおなかに　とびのって、おこした。

「うぐっ！」

「はやく　おきて。ナンダロウが　やってくるよ。」

「そうやった。けしょうや、けしょう。」

おかあちゃんが、　はりきって
おきた。
ともくんは、　もう
きがえていた。
十《じゅう》じすぎ、　ナンダロウが
やってきた。ナンダロウを
見《み》ると、　おかあちゃんが、
うれしそうに　いう。
「くろねこも　かっこいいな。
うちの　みけねえちゃんと、
おにあいの　カップルやなあ。」

「な、なに、いうてんの。」

みけねえちゃんは、てれてるけど、まんざらでもない。

おかあちゃんは、やるきまんまんで、けしょうひんをならべた。ウイッグも、よういしてある。

「はやく　しよう。」

ともくんが　せかした。

そして、二十《にじっ》ぷん。

「なんか、すごい　顔《かお》。」

顔《かお》や　からだに、赤《あか》や　青《あお》の　メッシュが　入《はい》って、みけねえちゃんは、ちょっと　ひいてしまった。目《め》のまわりで、ラメが　光《ひか》る。頭《あたま》には、みどりの　ウイッグ。

「花火《はなび》の　つつみがみみたいな　顔《かお》や。」

ともくんが、わらう。

「どう？　気《き》にいってくれるかな？」

おかあちゃんが、ナンダロウのまえに、かがみを
おいた。

ナンダロウは、「ギャン！」と　さけぶと、一《いち》メートル
はねた。しかし、すぐに、しんけんな　顔《かお》で、
みけねえちゃんに　聞《き》いた。

「これで、ごまかせるかな。」

「だいじょうぶ。これだけ　へんそうしたら、だれも
気《き》づかんやろ。」

郵便はがき

おそれいりますが切手をおはりください。

101-0062

〈受取人〉

東京都千代田区神田駿河台2－5

株式会社 理論社

読者カード係 行

お名前（フリガナ）

ご住所 〒 TEL

e-mail

書籍はお近くの書店様にご注文ください。または、理論社営業局にお電話くださ

代表・営業局：tel 03-6264-8890 fax 03-6264-8892

理論社

https://www.rironsha.com

ご愛読ありがとうございます

読者カード

●ご意見、ご感想、イラスト等、ご自由にお書きください。

●お読みいただいた本のタイトル

●この本をどこでお知りになりましたか？

●この本をどこの書店でお買い求めになりましたか？

●この本をお買い求めになった理由を教えて下さい

●年齢　　　歳　　　●性別　男・女

●ご職業　1. 学生（大・高・中・小・その他）　2. 会社員　3. 公務員　4. 教員
5. 会社経営　6. 自営業　7. 主婦　8. その他（　　　　）

●ご感想を広告等、書籍のＰＲに使わせていただいてもよろしいでしょうか？
（実名で可・匿名で可・不可）

ご協力ありがとうございました。今後の参考にさせていただきます。

入いただいた個人情報は、お問い合わせへのご返事、新刊のご案内送付等以外の目的には使用いたしません。

「ためしに、そのへん、さんぽしてみたら？」
おかあちゃんが　すすめた。
みけねえちゃんと　ナンダロウは、ともくんと
いっしょに　外《そと》へ　出《で》た。
すると、であっても　ねこたちは、目《め》を　そらして、
声《こえ》を　かけてこない。
こわがられているような、気《き》がする。

「なんか、むだにめだってないか？」

ナンダロウが、みけねえちゃんに聞《き》く。

「けど、だれも、ナンダロウだとは気《き》がついてないよ。」

そして、みけねえちゃんは、ふと、きのうのことを思《おも》い出《だ》した。

「そういえば。きのうの夜《よる》、まもらなアカンものができたって、いうてたけど。」

「うん。」

「わたしにも、考《かんが》えるじかん、ちょうだい。」

「考《かんが》えるって？」

「だって、これからは、外《そと》ねことして……。」

みけねえちゃんが　いいかけた、そのときだ。
うしろから、車《くるま》が　ちかづいて、すぐ　そばで
とまった。

バンと、いきおいよく　ドアが　あいて、おじさんが
おりてきた。
「グロリアス！　やっと　会《あ》えたな！　こわかったろう。」

「……それにしても、なんて かっこう、させられてるんだ。」

「にゃにゃにゃ！」

おじさんの　えがおとは　はんたいに、ナンダロウの顔《かお》が、ひきつった。

グロリアスを　さがしている、かいしゃの人《ひと》みたいだ。

「おまえの　うしろ足《あし》に　ついている　リングには、どこに　いても　わかる、いちじょうほうサービスのきのうが ついているんだ。しばらく　こわれてたけど、やっと　なおったよ。ほら、ここに　でてる。」

おじさんが、スマホを　見《み》ながら、ナンダロウにちかづく。

GPS

「さあ、いっしょに　帰《かえ》ろう。」
「そんなこと、
させへんからな。」

ともくんが、ナンダロウのまえに、
たちはだかった。

「なんだ？　きみかね、グロリアスに、おかしなかっこうを　させたのは。さあ、どきたまえ。」

けど、ともくんは、ひるまずに　いった。

「おじさんて、ほんとうに、ねこのこと　すきなん？」

「どういうことだね。」

「だから、おじさんにとって、ねこって　なに？」

「はっ、なにを　いいだすかと、思《おも》ったら。いいかね、ねこは、だいじな　しょうひんだ。グロリアスが　一回《いっかい》　ゴロンして、ミャアって　ないたら、お金《かね》が　ザクザク　入《はい》ってくる。」

「けど、いやがってるやん。」

「そんなわけ　ないだろ。あんな　ぜいたくなせいかつを　させてあげてたのに。」

「おじさんは、知《し》らないだけや。」

「知《し》ってるさ。おじさんも、ねこは　すきだからね。ねこも　人間《にんげん》も　はたらいて、お金《かね》を　かせぐ。それが　正《ただ》しい　生《い》きかたなんだ。」

「ちがう。ねこは、そこに　いるだけで、いいんや。そこに　いてくれるだけで、ぼくら、しあわせになれるんや。」

「もう　いい。じゃまするなら、たとえ　こどもでも、ゆるさんからな。」

おじさんが、こわい　顔《かお》に　なった。そのときだ。
「ゆるさんて　いうたけど、どう、ゆるさんのかな？」
くるまの　かげから、ひょいっと、ともくんの
おかあちゃんが
あらわれた。

「あなたは、だれですか？」
「このこの　ははおやです。
あなたも、ねこが　すきだと　いうなら、ちゃんと、ねこの　声《こえ》に、耳《みみ》を　かたむけたら　どうですか。」
「ほう。まるで、ねこと　おしゃべりが　できるような
ことを、いいますね。」
「そうですよ。ほら、じっと、
グロリアスの　目《め》を　見《み》て。耳《みみ》を　すまして。」
おかあちゃんの、しんけんな　顔《かお》に　あっとうされて、
おじさんは、きみわるそうに　グロリアスを　見《み》つめた。
とたんに、グロリアスは　しゃべりはじめた。

あの日《ひ》、コマーシャルの　さつえいの　あと、にもつが
入《はい》った　はこで、おれ、ねむってしまった。気《き》がつくと、
どこかの　ガレージの中《なか》に　いた。シャッターの下《した》に
すきまが　あいてて、外《そと》に　出られたんや。
あちこち　ぼうけんしてるうち、ここに　おちついた。

「ななな……」
おじさんは　おどろいて、しりもちを　ついた。
グロリアスは、まだ　話《はな》しつづけた。
「わるいけど、もう　タレントねこに　もどる　気《き》は
ないから。ねこのじかんは　ねこのものだから。
わかってください。それから、ほかの　ねこたちにも、
もうすこし、じゆうを　あげてください。」
おじさんは、だまったまま、うごけなかった。
「おねがいします。グロリアスを、
じゆうにしてあげてください。」
おかあちゃんと　ともくんが、頭《あたま》を　さげた。

ねこのじかんは
ねこのもの
だから

しばらくすると、おじさんは　立《た》ちあがり、
「はあーっ」と、いきを　ついた。
「たしかに、グロリアスの　声《こえ》が　聞《き》こえた。
グロリアスの　声《こえ》が。……そうか、ねこのじかんは、
ねこのものか……。そうかもしれない。」
おじさんは　そう　いった。
そして、グロリアスの　足《あし》に　ついていた　リングを
はずすと、車《くるま》に　のりこみ、走《はし》りさった。
「ナンダロウ、おじさんも、ほんとうは　ねこのこと、
ちゃんと　すきなのかも……。
……これで、かんぜんに　じゆうやな。」

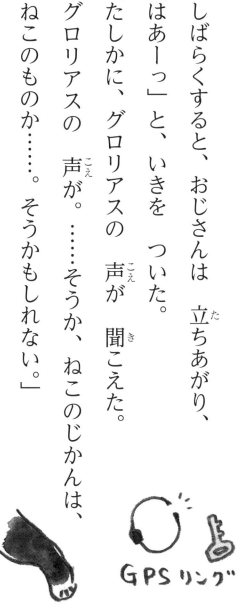

みけねえちゃんが、　ナンダロウの　そばに　きて
いった。するど、ナンダロウは、いみありげに　わらった。
「かんぜんな　じゆう……なんて、　ないよ。」
もしかして、　わたしとのことかな、　と、
みけねえちゃんは　きんちょうした。

そのときだ。はなれた　ばしょから、こっちを
見《み》ている　ねこに　気《き》がついた。
ナンダロウが、「にゃう」と　あまえた　声《こえ》で　よぶと、
うれしそうに　かけてきた。
「おれの、こいびと。なまえは、クリームパン。
かわいい　なまえやろ。」
とつぜんのことで、みけねえちゃんは、頭《あたま》の中《なか》が、
パニックになった。
「おれって、しあわせやな。すてきな　であいが、
いっぱい　あって。」
「よろしく　おねがいします。」

クリームパンが、みけねえちゃんに　ほほえんだ。

「ま、こまったときには、みけねえちゃんに
いうてきて」
みけねえちゃんは、それだけ　いうのが、
せいいっぱいだった。

うちに　帰《かえ》って、夜《よる》になっても、みけねえちゃんは、
むねが　もやもやしたままだった。
「もしかして、みけねえちゃん、ナンダロウのこと、
すきやった？」
ともくんに、聞《き》かれても、すなおに、「うん」とは
いえない。

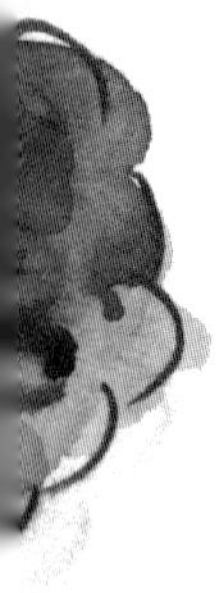

「そんなことない。なにが、クリームパンや。
パンこ　つけて、あげパンに　してやろか。」
むちゃくちゃなことを　口《くち》ばしっていた。
そして、ドラマを　見《み》ながら、みけねえちゃんは、
こっそりと、なみだを　ぬぐうのだった。

(作)

村上 しいこ

(むらかみ しいこ)

三重県生まれ。『かめきちのおまかせ自由研究』(岩崎書店)で日本児童文学者協会新人賞を、『れいぞうこのなつやすみ』(PHP 研究所)でひろすけ童話賞を、2007 年には三重文化奨励賞を、『うたうとは小さないのちひろいあげ』(講談社)で野間児童文芸賞を、受賞。ほか「日曜日の教室」シリーズ(講談社)「わがままおやすみ」シリーズ(PHP)「みけねえちゃんにいうてみな」シリーズ(理論社)など多数。

(絵)

くまくら 珠美

(くまくら たまみ)

神奈川県生まれ。猫をモチーフにした漫画、絵画、グッズや＜猫本専門 神保町にゃんこ堂＞の書皮、＜ねこ検定＞などのイベントキービジュアルなどを制作。書籍に漫画『猫又指南』、『わたしのげぼく』(文・上野そら／アルファポリス)、「みけねえちゃんに いうてみな」シリーズ(作・村上しいこ／理論社)がある。ほか雑誌や書籍の装画も担当する。銀座・月光荘での個展で絵画作品やグッズを発表。

みけねえちゃんに いうてみな ともだちのひみつ

2020 年 12 月　初版
2020 年 12 月　第 1 刷発行

作　者　村上 しいこ
画　家　くまくら 珠美

発行者　内田 克幸
編　集　郷内 厚子
発行所　株式会社 理論社
〒101-0062 東京都千代田区神田駿河台 2-5
電話　営業　03-6264-8890　編集　03-6264-8891
URL https://www.rironsha.com

デザイン　稲野 清、川口チエ(B.C.)
印刷・製本　中央精版印刷
©2020 Shiiko Murakami & Tamami Kumakura　Printed in Japan
ISBN978-4-652-20416-0　NDC913　21×18cm　63p

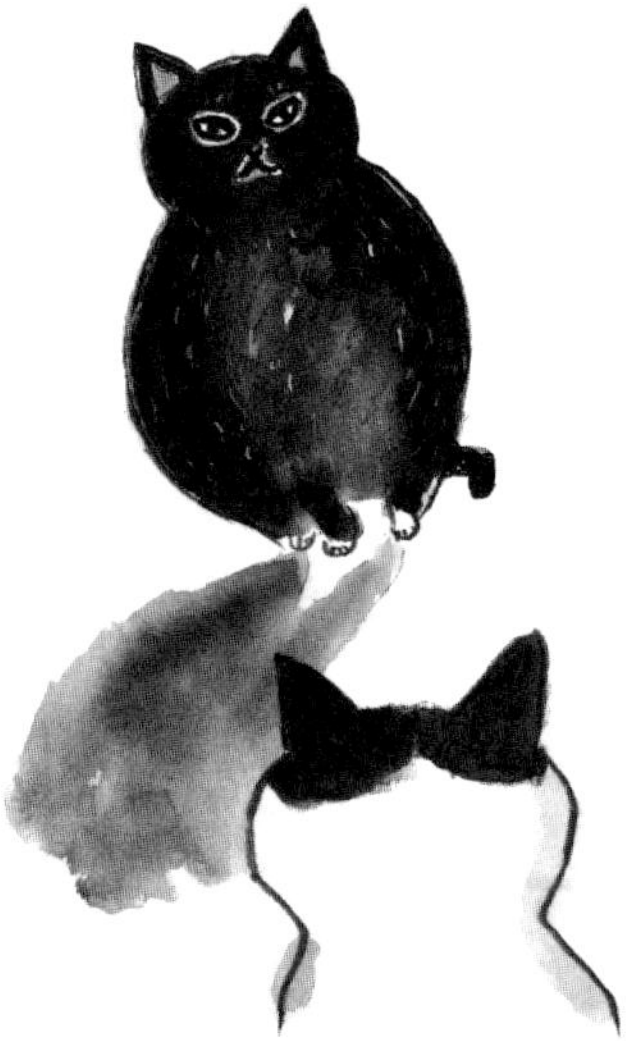

落丁・乱丁本は送料当社負担にてお取り替えいたします。本書の無断複製(コピー、スキャン、デジタル化等)は著作権法の例外を除き禁じられています。私的利用を目的とする場合でも、代行業者等の第三者に依頼してスキャンやデジタル化することは認められておりません。